Der Weihnachtsgipfel

Der Weihnachtsgipfel

Silke Förster

Bibliografische Information der Deutschen Nationalbibliothek:
Die Deutsche Nationalbibliothek verzeichnet diese Publikation in der Deutschen Nationalbibliografie; detaillierte bibliografische Daten sind im Internet über http://dnb.d-nb.de abrufbar

Herstellung und Verlag: BoD – Books on Demand, Norderstedt

ISBN: 978-3-7460-1396-1

Inhaltsverzeichnis

Der Rentier-Protest

Früher war mehr Lametta. Und da waren Rentiere auch in keiner Gewerkschaft, sondern machten einfach das, was der Weihnachtsmann ihnen sagte:

§1: Das haben wir immer schon so gemacht!

Heutzutage ist jeder mit jedem auf der Welt vernetzt, liest jeden Tag, was andere dürfen und wogegen sie Protest einlegen können. Welche Anzeige Aussicht auf Erfolg hat und welche nicht. Auf dem Weihnachtsmannblog wird pausenlos gepostet und die Rentiergewerkschaft ruft permanent nach höheren Löhnen. Wie soll da ein konservatives Weihnachtsmann-Unternehmen noch wirtschaftlich arbeiten? Die Planung, das Besorgen der Geschenke und das pünktliche Verteilen: unmöglich, wenn die Bediensteten nicht mitziehen, krank werden oder gar auf die Straße laufen und protestieren.

Hat jemand schon mal Rentiere auf der Straße protestieren

sehen? Wie sie sich an Bahnschienen ketten, um anschließend abgeschleppt zu werden?

Schlimmer als jede Grünenbewegung gegen AKWs!

Was soll der echte Weihnachtsmann in so einer Situation bloß tun?

Die Idee

Der Weihnachtsmann schlug die Zeitung auf: Der Gipfel in Hamburg mit seinen ganzen Demonstrationen, Ausschreitungen und der nicht erklärbaren Zerstörungswut einiger Menschen sorgte für viel Wirbel in den Medien.

Die Mächtigsten dieser Erde trafen sich, um über Krieg und Frieden zu sprechen. Sie waren nicht alle einer Meinung, aber sie erörterten ihre Probleme und hörten jede Meinung an.

Vielleicht war es ja mal an der Zeit, dass sich alle Weihnachtsmänner dieser Welt an einen Tisch setzten und über den Frieden auf der Welt sprachen?

Sich austauschten, was der Sinn des »Festes der Liebe« wirklich war und wie man die Menschen dazu animierte, innezuhalten.

Wie man Rentieren klarmachte, dass sie nicht immer mehr Geld fordern durften, sondern sich auch mit dem zufriedengaben, was sie hatten: eine gesicherte Anstellung, genug zu essen, einen warmen Stall mit Gleichgesinnten. Die Anerkennung und Liebe der Kinder, weil sie zu Weihnachten eine so wichtige Aufgabe hundertprozentig ausführten. Oder sollte man ihnen einfach mal mit Leiharbeitsfirmen drohen? Die arbeiteten sicherlich deutlich günstiger als die eigenen Rentiere.

Vielleicht konnten sie gemeinsam den Kindern ans Herz legen, nicht endlos lange Zettel mit kommerziellen Wünschen zu verfassen, sondern einen einzigen Herzenswunsch zu äußern.

Alleine für das Lesen und Auswerten der vielen Wünsche brauchte die Weihnachtsdepotbuchhaltung schon viele Wochen. Oft stürzte der Computer ab, da die Festplatte bei so vielen Eingaben überfüllt war.

Vielleicht war die Volkshochschule auch bereit, einen Kursus »Wunschzettel kurz und knackig schreiben« in ihr Programmheft aufzunehmen?

Konnten die Weihnachtsmänner eventuell gemeinsam den Eltern, Großeltern und Paten ans Herz legen, dass sie vom Weihnachtsmanndepot keine lieblosen Geldscheine in ein Kuvert legen ließen, sondern »Zeit« und »Aufmerksamkeit« schenkten? Das kostbarste Geschenk, welches ein Mensch geben kann.

Würden alle Weihnachtsmänner dieser Erde an so einem Gipfel teilnehmen?

Sinterklaas aus den Niederlanden, der traditionsgemäß mit einem Schiff aus Spanien anreiste?

Father Christmas aus England und Père Noël aus Frankreich hatten keine so weite Anreise, aber auch sie legten sicherlich, genau wie Santa Claus, Wert auf eine angemessene Unterkunft und jede Menge Sicherheitsvorkehrungen. War das überhaupt machbar?

Würde es Proteste in der Bevölkerung von sogenannten selbsterklärten »Weihnachtshassern« geben?

Der Weihnachtsmann legte nachdenklich seinen Zeigefinger auf die Oberlippe und öffnete die Suchmaschine in seinem Browser.

Santa Claus

Die erste Einladung würde Santa Claus aus den Vereinigten Staaten erhalten.

Er ist der mächtigste Weihnachtsmann überhaupt. Mit seinem weißen Bart ist er der Älteste und niemand verfügt wie er über zwölf Rentiere.

Seine berühmtesten heißen Dasher, Dancer, Prancer, Vixen, Donder, Blitzen, Cupid und Comet. Viel später kam dann noch Rudolph dazu.

Die Kinder legen immer Zuckerstückchen für sie aus, damit sie sich stärken können, wenn sie vorbeikommen.

Santa Claus fliegt mit seinem Schlitten hoch hinauf bis zum Schornstein, denn traditionsgemäß wirft er so die vielen Geschenke in die Wohnzimmer. Manchmal rutscht er auch persönlich durch das Rohr bis in die warme Stube und packt die Geschenke in bunte Socken, die am Kaminsims aufgehängt sind.

Oft stehen Milch und Kekse bereit, denn auf einer so langen Reise muss ein Weihnachtsmann gut gestärkt sein.

Die Vorgärten sind meist bunt geschmückt wie auf einem Jahrmarkt. Jeder versucht, mehr Lämpchen an seinem Haus zum Leuchten zu bringen als der Nachbar. Künstliche Rentiere werden aufgestellt und die Kaufhäuser beschallen den ganzen Tag mit Christmas-Songs, egal ob traditionell oder die vierundzwanzigste Pop-Rock-Imitation.

X-mas nennen die Amerikaner ihr Fest gerne. Das »X« steht dabei für den ersten griechischen Buchstaben des Wortes Christus. Es wird hier am 25. Dezember gefeiert. Und während die Familien laut singend ihren Truthahn verschlingen, fährt irgendwo in diesem Land auch ein berühmter Weihnachtsruck über die Straßen und spendiert schwarze Limonade.

Sollten die anderen Weihnachtsmänner sich hier vielleicht abschauen, wie man noch mehr Kommerz am besten vermarkten konnte? Würde der alte Santa eine Rede über Weihnachtsstatistiken in den einzelnen Bundesstaaten halten wollen? Würde er den Anspruch erheben, auch die komplette restliche Welt zu beliefern? Oder würden die anderen ihm raten, einmal den leisen, besinnlichen Weg auszuprobieren?

Father Christmas

Die zweite Einladung würde an Father Christmas aus England gehen.

Er schleicht sich erst in der Nacht vom 24. auf den 25. Dezember in die Wohnzimmer und versteckt auch die Geschenke in den Socken.

Die Familie hat traditionsgemäß kurz vorher einen fröhlichen Heiligabend mit Plumpudding und Truthahn gefeiert. Für sie ist »Christmas Eve« der Geburtstag von Jesus und somit Grund genug, mit Luftschlangen und kleinen Tröten ausgelassen zu feiern.

Father Christmas ist zu Fuß unterwegs und könnte sicherlich viel Hilfe beim Schleppen der Geschenke brauchen. Auch wenn sein Land nicht mehr der EU angehört: Eventuell könnte ein Staat ihm trotzdem günstige Konditionen für die Lieferung eines »Christmasmobils« einräumen?

Als Gegenzug würde er vielleicht das Plumpuddingrezept mit vielen Nüssen und Rosinen zur Verfügung stellen?

Père Noël

Die dritte Einladung würde Père Noël aus Frankreich erhalten.

Auch der »Weihnachtsvater« hat kein Gefährt oder einen Schlitten mit Rentieren. Er trägt alle Geschenke in einem großen Korb und muss gleich zwei Mal ausliefern.

Die Franzosen sind bekanntlich kleine Gourmets und tischen an Heiligabend somit etwas exklusiver auf als ihre englischen Nachbarn. Ihre Austern von den großen Farmen am Atlantik, die dunklen Weine aus Bordeaux und viele kleine Amuse-Gueules warten auf die Familie.

Während die Familie um Mitternacht zur Messe geht, verteilt er die ersten kleinen Geschenke.

Aber das ist längst nicht alles: Auf dem Heimweg kehrt er am 25. noch einmal in jedes Haus zurück, um die eigentlichen Geschenke zu verteilen. Und so haben alle Kinder in Frankreich gleich zweimal Bescherung.

Sollte man für Père Noël ein Kosten-Nutzen-Konzept aufstellen? Ein Programm, welches die schnellste und kürzeste Verbindung zwischen allen Häusern berechnet? Oder lieber bei einem Volksentscheid darüber abstimmen lassen, ob zwei Mal Geschenke überhaupt effektiv ist?

Stände nicht auch ihm, als kleines Dankeschön, ein Teil des opulenten Mahls zu?

Der Weihnachtsmann sah schon, die Agenda würde lang werden.

Jultomten

Die vierte Einladung würde an Jultomten aus Schweden adressiert werden.

Ihm steht eine Frau zur Seite: Die Heilige Lucia, die einen Kranz mit Kerzen auf dem Kopf trägt. Sie wird schon am 13. Dezember gefeiert, um in der langen, dunklen Adventszeit in Skandinavien ein bisschen Licht in die Häuser zu bringen.

Vielleicht sollte man überlegen, auch ein Partnerprogramm bei einem so wichtigen Treffen zu organisieren. Viele der Weihnachtsmänner würden sicherlich nicht alleine anreisen.

Am 24. Dezember kommt dann Jultomten, um seine Geschenke unter die mit Strohsternen geschmückten Weihnachtsbäume zu legen.

Die Schweden essen an Weihnachten oft Schweinskopfsülze.

Das würde sicherlich für die anderen Teilnehmer des Weihnachtsgipfels einen Stein des Anstoßes bilden. Ganz sicher würde Père Noël das als einheitliches standesgemäßes Weihnachtsessen ablehnen. Gab es Veganer oder Vegetarier unter den Weihnachtsmännern? Musste man auf Allergiker Rücksicht nehmen?

Und weil die Schweden so gerne und lange Weihnachten feiern, beenden sie diese schöne Zeit am 13. Januar mit Julbier. Das konnte man ganz sicher in das Menü aufnehmen. Von Bierverweigerern hatte der Weihnachtsmann unter seinesgleichen noch nie gehört.

Mikołaj

Die fünfte Einladung würde Mikołaj aus Polen erhalten.

In diesem Land wird das Weihnachtsfest sehr traditionsreich gefeiert:

Schon am Morgen des Heiligen Abends bereitet man das Menü vor, welches aus zwölf Gängen besteht, in Anlehnung an die zwölf Apostel.

Am Tisch wird immer ein Gedeck mehr aufgelegt, falls unerwarteter Besuch kommt, und oft liegt auch ein kleines Bündel Heu unter dem Teller – für die Tiere in der Krippe.

Gegessen wird aber erst, wenn der erste Stern am Himmel zu sehen ist, und dies mit einer bunten Oblate geteilt wird.

Auf Fleisch wird an diesem Abend verzichtet: gegessen wird nur Fisch und Gemüse.

Man glaubt in diesem Land, dass der Ablauf des Heiligen Abends maßgebend für das nächste Jahr ist, und so feiert die ganze Familie zusammen.

Vielleicht konnte man den Verlauf des Gipfels auch als Omen

für das folgende Jahr verkaufen?

Der Weihnachtsmann merkte schon, auch wenn dieses Konzept sicherlich nachahmungswürdig erschien, ganz sicherlich würden die nicht-christlichen Länder sofort Einspruch erheben.

Der Weihnachtsmann klappte den Deckel von seinem Laptop zu. Da waren noch so unendlich viele Weihnachtsoberhäupter. Es würde sehr viel Arbeit bedeuten, sie alle ausfindig zu machen und anzuschreiben.

Miss Eurocent

war seit vielen Jahren die persönliche Assistentin des Weihnachtsmanns.

Sie staunte nicht schlecht, als er ihr die Einladungsliste mit mehreren hundert Personen und die mehrseitige Agenda vorlegte.

Gewichtig hob sie ihre Brille in Richtung Stirn, um zu signalisieren, dass sie ihren Augen nicht traute.

Ihre Aufgabe war es nun, die vielen Weihnachtsmänner ausfindig zu machen, anzuschreiben, die Unterkünfte zu buchen, ein Partnerprogramm zu organisieren und die vielen Sitzungen vorzubereiten.

Auch die Sitzordnung würde ganz sicher eine große Herausforderung darstellen.

Seufzend ließ sie den Stapel Papier sinken und schüttelte den Kopf. »Das ist vor Weihnachten in diesem Büro nicht mehr zu leisten!«

Sie brauchte einen Stab, der sie unterstützte. Büroassistentin-

nen, die schnell schreiben und schnell im Internet surfen konnten. Eventmanager, die die Stadt gut kannten, um angemessene
Unterkünfte und Locations zu organisieren. Rechtsanwälte, die
die Absprachen auf Richtigkeit prüften und zu Gesetzen ver-
fassten. Private Security-Unternehmen, die die staatlich bediensteten Polizisten unterstützten. Alleine konnten diese sicherlich
nicht für die Sicherheit garantieren.

Der Weihnachtsmann nickte großzügig und setzte seine Un-
terschrift unter alle ihre Forderungen.

Der Stab

Miss Eurocent hatte gute Arbeit geleistet: Das ganze Team hatte rund um die Uhr gearbeitet.

Den hübsch gestalteten Einladungskarten konnte kein Weihnachtsmann der Welt widerstehen und alle hatten zugesagt, in der ersten Adventswoche an dem Gipfel in der deutschen Großstadt teilzunehmen.

Der Bürgermeister dieser Stadt war sehr geehrt, diesen bedeutenden Gipfel austragen zu dürfen und hatte der Sicherheit der berühmten Männer und Frauen absolute Priorität eingeräumt.

Man konnte sie aus Sicherheitsgründen nicht alle in einem Hotel unterbringen. Die großen und die kleinen Hotels hatten alle Zimmer für die Weihnachtsmänner und ihr vermutlich großes Gefolge geblockt.

Erst heute kam vom Amt für Marketing der Vorschlag, die Weihnachtsmänner alle zusammen in einer großen Parade durch die Stadt fahren zu lassen. »Weihnachtsmänner zum Anfassen« wäre doch sehr volksnah und würde auch der Stadt sicherlich viel Bekanntheit bringen. Schließlich hätten sie durch die vielen Sicherheitsmaßnahmen auch viele Ausgaben. Vielleicht würde der eine oder die andere auch auf einem der vielen Weihnachtsmärkte auftreten oder in einem Schlitten über den Rathausplatz fliegen? War das nicht der passende Auftritt für Santa Claus? Er liebte es doch, im Mittelpunkt zu stehen.

Die Weihnachtsparade

Die Presse war vollzählig versammelt und wartete seit Stunden am Rathausplatz auf die Ankunft der Weihnachtsmänner. Die Rollbahn für die Rentierschlitten und die anderen Mobile war mit einem roten Teppich ausgelegt. Aber die berühmten Männer ließen auf sich warten, niemand wollte der Erste sein.

Aber dann kündigte ein großer Trommelwirbel den Anfang der bedeutendsten Weihnachtsparade der Welt an. Mädchen in weißen Engelskostümen liefen auf den Platz und signalisierten mit winkenden Armen, dass es so weit war.

Ein folgendes Polizeiauto erzwang die Spaltung der Menge: Die Besucher hatten links und rechts hinter den Absperrbändern Aufstellung zu nehmen.

Und dann kam wie erwartet das größte Rentiergespann der Welt eindrucksvoll über das Rathaus geschwebt und bremste elegant auf dem roten Teppich ab. Man hatte fast den Eindruck, dass Dancer einen eleganten Knicks vor dem klatschenden Publikum hinlegte.

Santa Claus erhob sich und winkte den vielen Menschen freundlich zu. Möglicherweise würde er noch heute dort stehen, wenn nicht Sinterclaas schon hinter ihm drängelte, um sein stolzes Schiff zu präsentieren.

Jetzt ging alles sehr schnell: Minütlich landete ein weiterer Weihnachtsmann mit seinem Gefolge und wurde von der Menge freundlich beklatscht. Kaum ein Kind hatte bis zu diesem Tag einen Weihnachtsmann live gesehen.

Die Weihnachtsparade setzte sich in Richtung Kongresshalle in Bewegung.

Père Noël hatte viele französische Leckereien mitgebracht und warf sie großzügig in die Menge. Santa Claus hob ab und an drohend die Peitsche, ohne seinen Tieren etwas anzutun.

Santa Lucia hatte die Hand leicht erhoben und winkte majestätisch in die Menge. Das Publikum jubelte und winkte allen begeistert zurück.

Die Polizei und die Security hatten viel zu tun: Heute Morgen hatten sie schon die ersten Sitzblockaden auf dem Rathausplatz entfernt. Menschen mit Weihnachtshasserplakaten wurden vom

Platz getragen oder in die hintersten Reihen verwiesen. Aufgeregte Kinder mussten immer wieder hinter die Absperrbänder verwiesen werden. Aus Sicherheitsgründen durften diese wichtigen Leute nicht angefasst werden. Die Ordner liefen neben den Weihnachtsmobilen her und achteten sehr genau darauf, dass niemand den Männern und Frauen zu nahekam. Die Aussicht, dass einem dieser Weihnachtsmänner hier etwas passieren würde, war unvorstellbar und würde ganz sicher zu einem Weihnachtskrieg führen.

Schon so mancher Staatsoberhauptmord hatte in der Geschichte einen Krieg ausgelöst. Das durfte auf gar keinen Fall passieren!

Aber alle waren sich einig, dass das die größte und schönste Weihnachtsparade war, die die Welt je gesehen hatte.

Der Gipfel

Der Weihnachtskongresssaal war voll, alle Plätze waren besetzt. Mehrere speziell ausgebildete Rentierwirte hatten die Gefährte vor der Halle in Empfang genommen und in die extra für den Gipfel aufgebauten Ställe und Garagen gebracht. Das war gar nicht so einfach, denn einige der Tiere waren ganz schön zickig und ließen sich von ausländischen Chauffeuren gar nichts vorschreiben. Auch waren das fremde Heu und das gechlorte Wasser in diesem Land für viele sehr gewöhnungsbedürftig. Warum hatte man nicht gleich für sie einen Gewerkschaftsgipfel angeschlossen? Sie waren schließlich Hauptbeteiligte dieses Festes. Lange wurde diskutiert, ob auch sie in der überfüllten Kongresshalle noch Platz fänden. Aber zum Schluss gaben sie alle Ruhe. Der Gipfel war wichtiger als ihre persönlichen Belange.

Die vielen Begleitungen der unzähligen Weihnachtsmänner, waren in Empfang genommen und gleich mit dem Bus zum weltbesten Weihnachtsladen der Stadt gefahren worden. Ihre

Kreditkarten würde ihnen sicher einige Hundert prallgefüllte Einkaufstüten in dieser Shoppinghochburg bescheren.

Um nur einige von ihnen zu nennen: Der Zwarte Piet aus den Niederlanden, die Heilige Lucia, Schneeflöckchen aus Russland, Knecht Ruprecht und viele andere.

Die Sitzordnung hatte Miss Eurocent viele Nächte Zeit gekostet, aber sie hatte einen guten Kompromiss gefunden und auch die Headsets waren bereits verteilt.

Die Agenda

war sehr lang und es wurde ausgiebig diskutiert. Nicht alle Nationalitäten hatten die gleichen Vorstellungen, wie man mit einem so wichtigen Thema umgehen sollte:

- Machte es Sinn, einen einheitlichen Status für die ganze Welt festzulegen oder sollte jedes Land seine alten Traditionen weiter pflegen?

- Waren überhaupt Kapazitäten frei, wenn jemals der unwahrscheinliche Fall einträte, dass ein Weihnachtsmann ausfiele? Die Vergangenheit hatte ja gezeigt, dass es auch Entführungen von Weihnachtsmännern gab.

- Sollte man einen Verbund gründen und die Weihnachtsbäckereien und Verpackungsstationen zentral in einem Land vereinigen? Der Nordpol hatte sich als zentraler Ort für dieses Unterfangen angeboten. Sofort kam Protest aus Grönland und Darlana in Schweden. Darüber musste geheim abgestimmt werden!

- War es wirtschaftlicher, alle Wünsche der Welt online zu erfassen und somit viel Geld für die vielen Wunschzettel-Leserinnen zu sparen?

- Sollte man im Sommer ein Meeting mit den Eltern veranstalten und sie beraten, was Kinder wirklich brauchen?

- War es sinnvoll, Statistiken zu erheben, welche Geschenke in welchen Ländern am häufigsten auf den Wunschzetteln verzeichnet waren?

- Wann sollte die Deadline für die Wunschzettel sein? Der Trend ging immer mehr zu spontan und kurzfristig, aber wie war das zu bewerkstelligen?

- Nochebuena aus Spanien stellte den Antrag, dass die typisch spanische Lotterie auf der ganzen Welt ausgebreitet werden sollte und erntete für diesen Beitrag nur Buhrufe.

- Santa Claus erhob Anspruch darauf, dass alle Länder am 25. Dezember Weihnachten zu feiern hätten und auch die

Geschenke an diesem Tag ausgetragen werden sollten. Das wäre schließlich der einzig wahre Tag!

- Wie sollte sich Australien den ganzen Gebräuchen anpassen, wenn hier im Dezember sommerliche Temperaturen herrschten und die Menschen ausgelassen am Strand feiern wollten?

- Ab wann durften weihnachtliche Maßnahmen eingesetzt werden? Die Deutschen setzten Totensonntag als Termin, aber schmückten die Kaufhäuser schon ab Oktober mit Kugeln und Keksen. Das sei nicht konsequent!

- Mexiko schlug vor, offiziell den 16. Dezember als ersten Tag der feierlichen Zeit zu benennen. Bei ihnen heißen die neun Tage bis zum Heiligen Abend Posadas.

Auch könnte ihre Bowle »Ponche de Navidad« als internationales Weihnachtsgetränk deklariert werden. Glühwein, Glögg und Punsch dagegen sollten mit hohen Steuern belegt werden!

Auch in Südamerika war es sehr warm zu dieser Zeit und die Landesvertreter fanden heißen Glühwein unpassend.

- Sollte man nicht auch aus Tierschutzgründen aufhören, Rentiere einzusetzen und stattdessen mit Trampolins in Schornsteine springen? Das sei in Südamerika durchaus üblich.

Santa Claus wurde sehr böse bei dieser Forderung und schlug energisch auf den Tisch. Auf seine berühmten Rentiere werde er niemals verzichten!

- Gab es eigentlich eine DIN für Weihnachtskekse? Größe und Grammzahl pro Keks sollten in jedem Land auf jeden Fall gleich sein. Es sollte eine Liste angelegt werden, welche Gewürze überhaupt für dieses Gebäck verwendet werden dürfen, damit sie sich Weihnachtskeks nennen dürfen.

- Wo blieben denn eigentlich die Abgeordneten der Weihnachtsinseln? Verwundert schauten alle in die Runde.

Miss Eurocent meldete sich zu Wort. » Trotz dieses bezeich-

nenden Namens gibt es auf diesen Inseln keinen Weihnachtsmann. Die Menschen sind nicht gläubig, feiern dieses Fest nicht und haben so auch keinen Abgesandten
geschickt.«

Betroffen schauten sich die vielen Weihnachtsmänner an.
Weihnachtsinseln ohne Weihnachtsmann? Gab es denn
kein Gesetz, welches vorschrieb, dass jedes Land auch einen
eigenen Weihnachtsmann stellen musste?

- Väterchen Frost aus Russland meldete sich zu Wort und
  gab zu bedenken, dass man in seinem Land vor Weihnachten eine 40-tägige Fastenzeit einlegte. Er und seine Abgesandten ständen in dieser Zeit nicht für kulinarische
  Weihnachtsaktivitäten zur Verfügung.

- Santakukoru erklärte, dass man in Japan garantiert für
  Weihnachten keinen Urlaubstag einführen würde. Es sei
  ein Arbeitstag wie jeder andere. Zwar war es auch das Fest
  der Liebe, aber damit war gemeint, dass Singles sich ken-
  nenlernen konnten oder man sich mit Freunden traf und

auf Partys ging. Selten feierte man in der Familie.

Ein Raunen ging durch die Menge. Damit konnte sich die Mehrheit der Abgeordneten nicht anfreunden.

Abgelehnt!

Gerade in Ghana nutzte man diese Zeit, um entfernt wohnende Verwandte aufzusuchen.

- Babbo Natale, der italienische Weihnachtsmann, wollte wissen, wie man es mit den Christmetten halten sollte. Konnte man denn alle Menschen zwingen, zu einer bestimmten Zeit eine bestimmte Kirche aufzusuchen? Der Vatikan würde ganz sicher Anspruch darauf erheben, dass er die vorherrschende Kirchenmacht sei. Wäre es besser, das Fest grundsätzlich atheistisch zu begehen und Kirchgänge ganz zu verbieten?

- Jultomten gab zu bedenken, dass man in Brasilien durch die vielen Feuerwerke viel zu viel Geld in die Luft verschleuderte. Wie vielen Kindern in der Dritten Welt könnte man davon Geschenke kaufen?

»Kekse statt Böller!«, forderte er.

Die Stimmen wurden lauter und alle redeten durcheinander.

Der Weihnachtsmann lehnte sich zurück. So schwer hatte er sich den Gipfel nicht vorgestellt.

War es vielleicht besser, Weihnachten ganz abzuschaffen, wenn es so viele Probleme gab?

»Mittagspause!« Der Einwand von Père Noël kam zur rechten Zeit. Der Franzose bat um Unterbrechung. Er brauchte eine Pause oder besser gesagt Essen für seinen kleinen Gourmetmagen. Dankbar nahmen die anderen Teilnehmer die Unterbrechung an.

Der Vertrag

Das opulente weihnachtliche Buffet hatte den Staatsmännern gefallen. Ihre eigenen Traditionen waren vorhanden und der eine oder andere Mutige hatte sich getraut, auch von den Köstlichkeiten der Nachbarländer zu probieren.

Gut gesättigt, sich den dicken Bauch streichend, kamen sie am frühen Nachmittag auf ihre Plätze zurück.

Die Angst, Weihnachten ganz abzuschaffen, hatte alle so sehr geschockt, dass der Vertreter von Mauritius noch um einen kurzen Redebeitrag gebeten hatte.

Auf dieser kleinen Insel lebten Anhänger fünf verschiedener Glaubensrichtungen zusammen: Hindus, Buddhisten, Christen, Sunniten und Schiiten. Sie lebten ganz friedlich und hatten die meisten Feiertage der Welt, weil ja jede Religion ihre eigenen Tage hatte und die Nachbarn sie alle mitfeierten. Wäre das nicht auch für Weihnachten auf der ganzen Welt passend?

Sein Antrag: »Wir fassen alle Bräuche und Zeiten zusammen, und in jedem Land wird jeder Brauch dieser Erde gefeiert. Nach einem strengen Ritual an einem bestimmten Tag!«

Jetzt war es sehr still in dem großen Saal.

Der Weihnachtsmann schüttelte als erster den Kopf: Das sei eine wunderbare Idee, aber nicht umsetzbar und auch nicht finanzierbar. So viele Weihnachtsgehilfen könnte sich kein Weihnachtsdepot der Welt leisten.

Kein Politiker der Welt würde diesem Vorschlag zustimmen und so viele Feiertage genehmigen. Die Menschen würden auf die Straße gehen, wenn eine »Weihnachtssteuer zur Finanzierung der vielen Bräuche« eingeführt würde.

Santa Claus nickte. »Das ist ja auch nicht der eigentliche Sinn von Weihnachten, noch mehr und noch länger und ausgiebiger zu feiern.«

»Also doch abschaffen?«, fragte Väterchen Frost traurig.

»Nein!«, kam ein gemeinsames Raunen durch den Saal.

Father Christmas stellte die Frage: »Was ist denn der Sinn von Weihnachten? Was ist unsere eigentliche Aufgabe? Den Kindern Geschenke zu bringen oder darauf zu achten, dass Weihnachten friedlich und liebevoll gefeiert wird? Ist es wirklich wichtig, dass alle Menschen auf der Welt es gleich verbringen, oder ist es wichtig, es in Liebe zu verbringen, wie auch immer.«

Papá Noel meldete sich zu Wort. »Wichtig ist, dass alle Menschen es in Frieden feiern können. Ob Sie Bowle oder Glögg trinken, Truthahn oder Plumpudding essen, ist völlig unwichtig dabei! Ob sie zu zweit oder in der Familie oder mit Freunden und Nachbarn tanzen ist egal, so lange sie glücklich sind.«

»Aber wie schaffen wir es, dass sie die Liebe an Weihnachten wiederfinden und nicht dem Kommerz nachgeben, dass ihre Wunschzettel nicht immer länger werden und sie sich nicht anmaßen, uns zu bestimmten Uhrzeiten zu bestellen?« Jultomten kratzte sich nachdenklich den Kopf.

»Vielleicht, indem wir ihnen Zeit schenken? Zeit mit einem geliebten Menschen, das ist doch das Wertvollste, was man bekommen kann.«

Die vielen Weihnachtsmänner nickten Sinterclaas zustimmend zu und fingen an zu klatschen.

»Miss Eurocent, notieren Sie! Der Weihnachtsgipfel ist hiermit beendet!«

Das Protokoll

Und so kam es, dass sich die Weihnachtsmänner nach diesem langen, anstrengenden Tag alle doch noch einigen konnten und das erste Weihnachtsprotokoll von allen ausnahmslos unterschrieben wurde:

§1 Weihnachten wird in jedem Land nach seinen eigenen Bräuchen und Sitten individuell gefeiert.

§2 Anfang und Ende der Weihnachtszeit und den Tag der Bescherung setzt der Weihnachtsmann des einzelnen Landes fest.

§3 Bräuche, Traditionen und Esskulturen anderer Länder und Glaubensrichtungen dürfen ohne Absprache bei Gefallen jederzeit unentgeltlich übernommen und kopiert werden. Jeder darf essen und trinken, was er möchte. Weihnachtskekse unterliegen keiner Norm und dürfen in jeder beliebigen Größe und mit unterschiedlichen Gewürzen hergestellt werden.

§4 Die erste, hiermit gegründete, offizielle Weihnachtsmannvereinigung verpflichtet sich, im Rahmen ihrer Möglichkeiten, den anderen Ländern auszuhelfen, wenn Hilfe benötigt wird.

§5 Es wird ein einheitlicher Gutscheinvordruck zum »Zeit verschenken« veröffentlicht: Zeit für Gemeinsamkeiten, Toleranz und Weltoffenheit.

§6 Es wird ein einheitlicher Test zum Ermitteln des persönlichen Herzenswunsches veröffentlicht.

§7 Alle teilnehmenden Länder verpflichten sich, das Weihnachtsfest in Liebe und Toleranz zu verbringen. Ihr vorrangiges Ziel ist es, das gesamte Jahr über in Frieden auf der ganzen Welt miteinander zu leben.

§8 Eine erneute Zusammenkunft ist bis auf Weiteres nicht geplant und wird erst einberufen, wenn sich herausstellen sollte, dass sich diese Einigung nicht bewährt hat. Das wäre dann möglicherweise der Weihnachtsmannabschaffungsgipfel.

Und so geht es weiter:

Der Weihnachtsgipfel 2.0

Als wenige Jahre später Covid19 die Welt verändert und viele Menschen alleine Weihnachten feiern müssen, setzen sich alle Weihnachtsmänner dieser Welt online zusammen, um zu überlegen, wie sie Weihnachten dieses Jahr gestalten könnten.

Ein kleiner Auszug aus der langen Gästeliste:

Weihnachtsmann	Deutschland	
Father Christmas	England	
Père Noël	Frankreich	
Papá Noel	Portugal	
Santa Claus	USA	
Joulupukki	Finnland	
Santakukoru	Japan	
Ded Moros	Russland	(Väterchen Frost)
Sinterklaas	Niederlande	
Samichlaus	Schweiz	
Kleeschen	Luxemburg	
Babbo Natale	Italien	
Mikołaj	Polen	
Jultomten	Schweden	
Nochebuena	Spanien	
Belfana	Italien	

Viejo Pascuero	Chile
Santa Haraboji	Südkorea
Näärivana	Estland

Ein kleiner Auszug aus der internationalen Menükarte:

Julöl (Bier)	Schweden
Glögg (Glühwein)	Skandinavien
Glühwein	Deutschland
Feuerzangenbowle	Deutschland
Ponche de Navidad (Punsch)	Mexiko
Christstollen	Deutschland
Mutzenmandeln	Deutschland
Lebkuchen	Deutschland, Skandinavien
Roscón de Reyes (Ringkuchen)	Spanien
Turrón (Nougat)	Spanien
Mince Pies (Gebäck)	England
Elchsteak	Kanada
Mohnklöße	Polen
Truthahn	USA
Schweinskopfsülze	Schweden

Gänsekeule	Deutschland
Ente	Deutschland
Pinnekjøtt (Lammfleisch)	Norwegen
Lutefisk (Fisch)	Norwegen
Bratapfel	Deutschland
Plumpudding	England
Christmasbread	USA
Rømmegrøt (Sauerrahmbrei)	Finnland

Gutschein für gemeinsame Zeit

»Das Kostbarste, was ich dir schenken kann.«

Dein Herzenswunsch: ....

....

....

Wer soll ihn dir erfüllen? ....

....

....

Könntest du ihn dir auch alleine erfüllen? ....

....

....

Mit wem würdest du ihn noch gerne teilen? ....

....

....

Warum ist er so wichtig für dich? ....

....

....

Hast du ihn schon öfter geäußert, aber nicht bekommen?

....

....

....

Wenn ja, warum hast du ihn bisher nicht erfüllt bekommen?

....

....

....

Ist er teuer oder macht er dich reich? ....

....

....

Was wäre, wenn du ihn dein Leben lang nicht erfüllt bekommst?

....

....

....

Silke Förster, geboren in Halle/Westf: Aphoristikerin und Autorin.

Die Autorin veröffentlicht seit vielen Jahren erfolgreich Aphorismen in zahlreichen Büchern und wird in vielen Foren zitiert. Ihre Kinderbücher faszinieren durch ihre zauberhafte Art. Die humorvoll geschriebenen Geschichten für Erwachsene möchten zum Nachdenken anregen und geben genau wie ihre zahlreichen Aphorismenbücher einen kleinen Anstoß zum Innehalten und dafür, die Welt mit *anderen* Augen zu sehen.

Seit ihrer Ausbildung zur Vermessungstechnikerin ist sie dem Geoinformationswesen treu geblieben und ist heute ebenfalls als Dozentin im Bereich Kochen und Ernährung tätig. Hier verbindet sie bei der Aufführung unzähliger Krimidinner ihre Leidenschaft für das Kochen mit dem Faible für das Schreiben.

www.silke-förster.de

Weitere Bücher von Silke Förster:

ODELLO UND DER ENTFÜHRTE WEIHNACHTSMANN

Pünktlich zum ersten Dezember kommt Odello, der Adventskalender Niko-
laus, zu Marlon und Marie. Als der echte, wirkliche Weihnachtsmann und alle
Weihnachtskekse entführt werden, ist auch Odello plötzlich verschwunden,
um dem Weihnachtsmann zur Hilfe zu eilen. 18 Tage lang backen die beiden
Kinder eifrig Kekse für das Weihnachtsmanndepot, damit auch alle Kinder
auf dieser Welt Plätzchen zu Weihnachten bekommen.

ISBN Paperback: 978-3-732249-47-3, 12,95 Euro
ISBN Hardcover: 978-3-732249-93-0, 20,90 Euro
jeweils 56 Seiten Fotopapier
ISBN E-Book: 978-3-844806-77-9, 6,99 Euro

SCHWUPPDIWUPP – JOSEFINE UND DAS BLÖDSINNPULVER

Plötzlich ist es da: das neue Kindermädchen Josefine. Josefine ist nicht alt und streng wie all die anderen Gouvernanten, sondern einfach zauberhaft. Genauso zauberhaft wie ihr Blödsinnpulver, mit dem sie *schwuppdiwupp* alle Probleme der Welt löst. Eine zauberhafte Geschichte für zauberhafte Kinder und ein lustiges Alltagsleben.

ISBN Paperback: 978-3-734778-78-0, 46 Seiten Fotopapier, 9,98 Euro

PITT AUS PINNEBERG –
DIE SUCHE NACH DEM KNÖPFCHENLOSEN LAND

Als Dr. Pitt Alberich aus Pinneberg Frau Knöpfchen kennenlernt, beschließt er, seine Nachbarin auf eine abenteuerliche Weltreise zu begleiten: Seit vielen Jahren drückt Frau Knöpfchen Tag für Tag Hunderte von Knöpfen und Tasten in ihrem Leben. Um das zu ändern, versuchen die beiden das knöpfchenlose Land zu finden.
Der alte, weise Doc Burac ist es schließlich, der die beiden an den River of Dreams schickt und ihnen zeigt, welche Knöpfe im Leben wichtig sind und welche nicht. Eine außergewöhnliche Reise für große Kinder und junggebliebene Erwachsene.

ISBN Paperback: 978-37392-4257-6, 5,99 Euro
ISBN E-Book: 978-3-7412-2335-8, 3,99 Euro